디오자망트의 열정

장-클로드 갈(Jean-Claude Gal) 그림

알렉산드로 조도로프스키(Alexandro Jodorowsky) 글

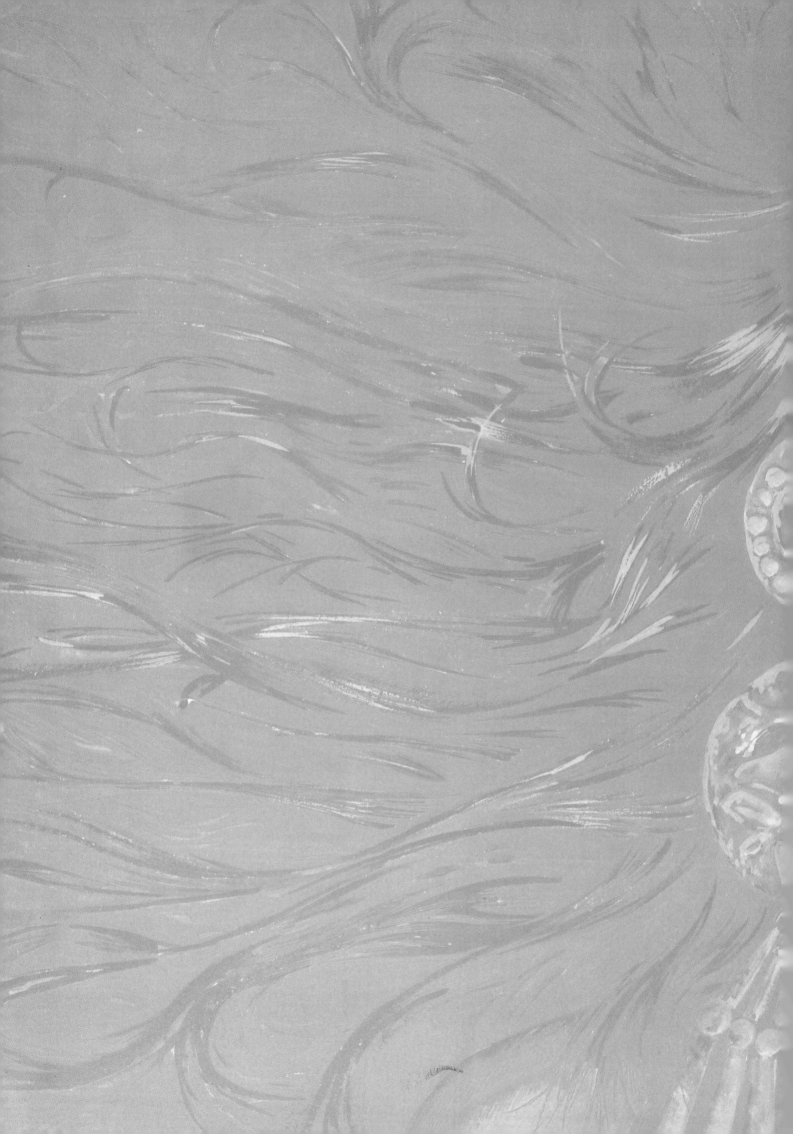

La Passion de DIOSAMANTE

디오자망트의 열정

장-클로드 갈(Jean-Claude Gal) 그림
알렉산드로 조도로프스키(Alexandro Jodorowsky) 글
최정수 옮김

북하우스

장-클로드 갈 Jean-Claude Gal

1942년 프랑스 디뉴 지방에서 태어난 장-클로드 갈은 1972년 파리 근교의 중학교에서 데생을 가르치다 만화계에 데뷔했다. 1977년 시나리오 작가 장-피에르 디오네와 함께『정복자의 군대』를 펴냈으며 1980년에 시작한 영웅 환타지 '아른 시리즈'는 13년에 걸친 장고의 작업 끝에 완성되었다(이 책들은 국내에서『죽음의 행군』이라는 책으로 묶여 출간되었다). 그는 극도로 정교하고 치밀한 묘사 때문에 생전에 모두 다섯 권의 만화 작품집밖에 완성하지 못했지만, 그의 작품집들은 프랑스의 모든 만화 도서관에 애장 도서로 소장되어 있다. 만화 선진국인 프랑스 국민들로 하여금 자부심을 느끼게 하는 만화가의 한 사람이었던 그는 1994년 휴가를 보내던 스코틀랜드 에코스에서 뇌출혈로 쉰두 해의 생을 마감했다.

알렉산드로 조도로프스키 Alexandro Jodorowsky

1929년 러시아계 유대인의 아들로 칠레에서 태어났다. 산차코 대학교에서 심리학과 철학을 공부하던 중 마임에 매료되어 라틴 아메리카 전역을 방황하다 1955년 파리에 정착했다. 여기서 판토마임의 대가 에티엔 두크레에게서 마임을 배웠다. 그 후 그는 극단을 버리고 페인트공이 되기도 하는 등 다채로운 삶을 살았다. 1962년 '파니크 Panique'라는 극단을 창설했으며, 멕시코 초현실주의 문학을 소개하는 잡지『S. nob』를 창간하면서 소설가, 연극 연출가, 영화감독 등 다양한 활동을 펼쳤다. 1966년 마침내 만화계에 데뷔, 마누엘 모로의 그림으로 미래주의적인 모험담『아니발 5』를 세상에 내놓았으며 이어 뫼비우스와 함께『잉칼』시리즈를 작업했다. 1971년 자신이 주연, 감독, 각색을 한『엘 토포』를 발표했는데, 이 영화는 컬트 영화의 고전이 되었다. 조도로프스키는 뫼비우스 계열의 젊은 작가들은 물론 일본의 대가들에게까지 시나리오를 제공하면서 제9의 예술을 위해 의욕 넘치는 활동을 펼치고 있다. 그 외 대표작으로는『알레트 토』연작, 조르주 베스와 작업한『라마 블랑』『살과 옴』등이 있다.

LA PASSION DE DIOSAMANTE
by Gal & Jodorowsky

Copyright ⓒ 1992 Les Humanoïdes Associés S. A. - Genève

Korean Translation Copyright ⓒ 2001 by BOOK HOUSE Publishing Co., Ltd

This Korean edition was published by arrangement with Les Humanoïdes Associés S. A.
through Sibylle Books Literary Agency.

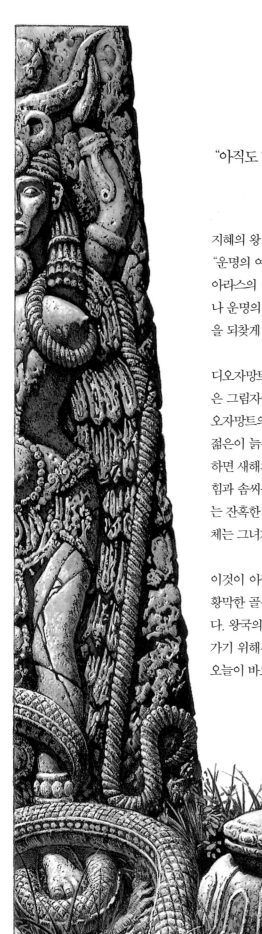

제1장
영혼의 상승

"아직도 네가 나를 발견하지 못했다면, 너는 더이상 나를 찾으려 하지 않을 것이다."
파스칼

지혜의 왕 솔로몬은 일찍이 이렇게 말했다.
"운명의 여신은 자신을 받아들이는 자는 이끌어주고, 거부하는 자는 질질 끌고 간다…"
아라스의 여왕 디오자망트는 잠깐 사이에 모든 것을 앗아간 운명의 여신에게 대적한다. 그러나 운명의 여신은 그러한 상실은 영원한 체념과도 같은 것이라는 사실을 통해 그녀에게 본질을 되찾게 해주었으니, 그것은 다름아닌 불가해한 그녀 자신의 진실이었다.

디오자망트는 너무나 아름다운 여인이어서, 그녀에 비하면 아라스의 다른 모든 여자들은 하찮은 그림자에 불과했다. 아라스 남자들은 하나같이 유일한 소원을 지니고 있었는데, 그것은 디오자망트의 연인이 될 수 있다면 죽어도 여한이 없겠다는 것이었다.
젊은이 늙은이, 부자 또는 가난한 자, 귀족 하인 가릴 것 없이 무예시합에서 우승자가 되기만 하면 새해의 첫날밤 여왕과 잠자리를 함께 할 수 있었다. 모든 남자들은 시합에서 이기기 위한 힘과 솜씨를 기르기 위해 노력하고 있었다. 그해 섣달 그믐날 밤, 승자를 받아들인 디오자망트는 잔혹한 사랑의 본보기로서 그의 심장을 뽑아낸 후 한 입 베어물었고, 아직도 꿈틀거리는 시체는 그녀가 키우는 하이에나들의 이빨 앞에 던져주었다.

이것이 아라스의 강인한 전사들이, 지쳐 메마른 눈을 한 그들의 아내들을 버리고 비틀거리며 황막한 골목길에 사는 증오와 욕망에 취한 쥐새끼 같은 무리들에게로 싸움을 걸어 가는 이유다. 왕국의 유일한 여인, 만월같이 빛나는 벌거벗은 여왕이 기다리는 '열정의 궁전'으로 나아가기 위해서… 이것은 또한 인부들이 웃음을 흘리며 수많은 무덤들을 파는 이유이기도 하다.
오늘이 바로 새해 첫날밤이다.

7

이리 가까이!…

디오자망트!…

나의…

바보 같으니!… 내가 원한 건 시체가 아니라 애인이야!

9

아가씨, 길을 잃은 모양이군.
우리가 필요하지 않나?

나를 가지시오.

하, 불 같으시군. 우리를
완전히 나가떨어지게 했어.
얼마면 되겠어?

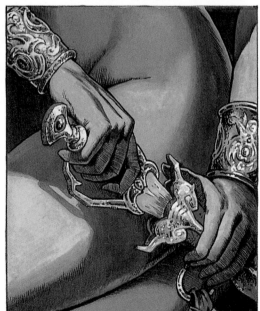

젊고 아름다운 아가씨가
무슨 일로 울고 있소?…
내가 도울 일이라도?

이 왕국은 왜 이렇게 엉망이
되어가는 거죠?

아무도 여왕을 진심으로
사랑하지 않기 때문이지.

여왕보다 더 뛰어난
자가 있나요?

있고말고. 사라바의 왕
위르발, 그는 우리 여왕보다
훨씬 강하고 현명하다오.

천한 늙은이 같으니!
나보다 나은 사람은 아무도 없어!

내가 가서 그 왕을
죽여주지!

14

디오자망트는 사막을 지나고,

강을 건너고,

험한 산을 넘어,

마침내 사라바 왕국에 도착했다…

그곳의 궁전과 신전과 집들은 경이로움 그 자체였다.

질서 있게 줄지어 선 군중들은 위르발 왕을 알현하기 위해 기다리고 있었다.

멈춰라!
네 차례를 기다려!

바보 같은 놈들!
아라스의 디오자망트에게
기다림이란 없어!

16

그러나 채 몇 걸음도 가지 않아…

디오자망트의 마음속 깊은 곳에서 어떤 변화가 일었다…

아라스의 디오자망트,
그대구려…
나를 죽이려고
여기까지 왔구려!

생애 처음으로 그녀는 사랑을 알았다. 스스로에 대한 수치심을 느꼈다.

가까이 오시오!…

눈을 뜨시오.

제가 당신에게 어울리는
사람이 되기 전에는
이 세상을 보지 않겠어요.

…언젠가 당신을 진정으로 발견하게 되겠지요.

여왕 디오자망트는 모든 것을 버리고,
구걸하며 방랑하는 구도자가 되었다.

어이 거기, 장님 아가씨,
어딜 그렇게 가시나?

그 눈가리개 좀 벗어보지그래.
예쁜 눈을 우리에게도 보여달라구…

위르발과 다시 만나려면 우선 그녀 자신을 찾고
발견해내야 한다는 것을 디오자망트는 잘 알고 있었다.
고독을 향한 그녀의 길고 긴 여행이 시작되었던 것이다…

제2장
사랑으로 결합된 적(敵)

"충분한 공간과 시간을 가진 사람은 자신이 가진 영혼의 광대함에 대해 아무것도 알 수 없다!"
실레지우스

지혜의 왕 솔로몬은 일찍이 이렇게 말했다.
"빛나는 자가 되려거든 빛을 바라보기만 해서는 안 된다. 자기 내부의 어둠 속으로 들어가야만 한다, 그것이 아무리 힘든 일이라 해도…" 아라스의 여왕 디오자망트가 고의적인 실명 상태에 깊이 빠져들자 그녀의 다른 감각들은 인식을 갈망하는 꽃들처럼 활짝 열렸다.

그녀는 자신의 육체를 이용하는 방법을 배우게 되었으며 자연의 수천 가지 모습을 놓치지 않기 위해 거울의 마법을 사용하여 육체를 해방시키는 법도 배우게 되었다.
그녀는 추위, 더위, 바람, 금속, 돌, 나무 들이 속삭이는 언어들을 발견해내었다. 향기들은 그녀 앞에 스스로를 드러내었고, 열광적인 향취들이 그녀 앞에서 베일을 벗었다. 각각의 인간의 영혼들이 뿜어내는 고통스러운 전율도 그녀 앞에 전모를 드러내었다… 그녀는 스스로를 잊고 타인을 위해 봉사했다. 그러나 그것은 쉬운 일이 아니었다. 그녀가 무언가를 베풀려고 할 때마다 사람들은 그녀의 마음이나 육체를 강탈하려 했다. 그녀의 육체는 하잘것없는 누더기에 불과했다. 발정난 개떼 같은 부랑자 무리에게 폭행당할 지경에 처한 한 노파를 디오자망트가 구해준 일이 있었는데, 그 노파는 디오자망트로부터 이〔蟲〕를 훔쳐갔다. 그것이 디오자망트가 가진 힘의 마술적 근원일 것이라고 생각했던 것이다… 디오자망트는 야만적인 전사들, 사나운 눈초리를 한 강도들, 거친 농부들로부터 수없이 강간을 당할 뻔했다. 그녀는 그들의 숫자를 세는 것을 멈추었다. 이 약육강식의 세상에서 피에 젖은 흔적을 남기지 않고는 노정을 계속 해나갈 수 없었던 것이다.

여왕은 걸식 구도자 행세를 그만두지 않았다. 사랑하는 위르발을 가슴속에 담은 채 그녀는 자아의 완성을 향한 수행을 계속했다. 그녀가 길을 가며 만난 모든 잔인무도한 행위들은 그녀의 영혼 속에 존재하는, 길들여지지 않은 야수성의 반영이었다. 이제 그녀는 인간들의 공동체 바깥에서 평화를 찾으려 했다. 그러던 어느 날, 한때는 전사들과 돈 많은 상인들의 도시였으나 끊이지 않는 지진으로 황폐화하여 이제는 폐허밖에 남지 않은 움브리아에 이르게 되었다.

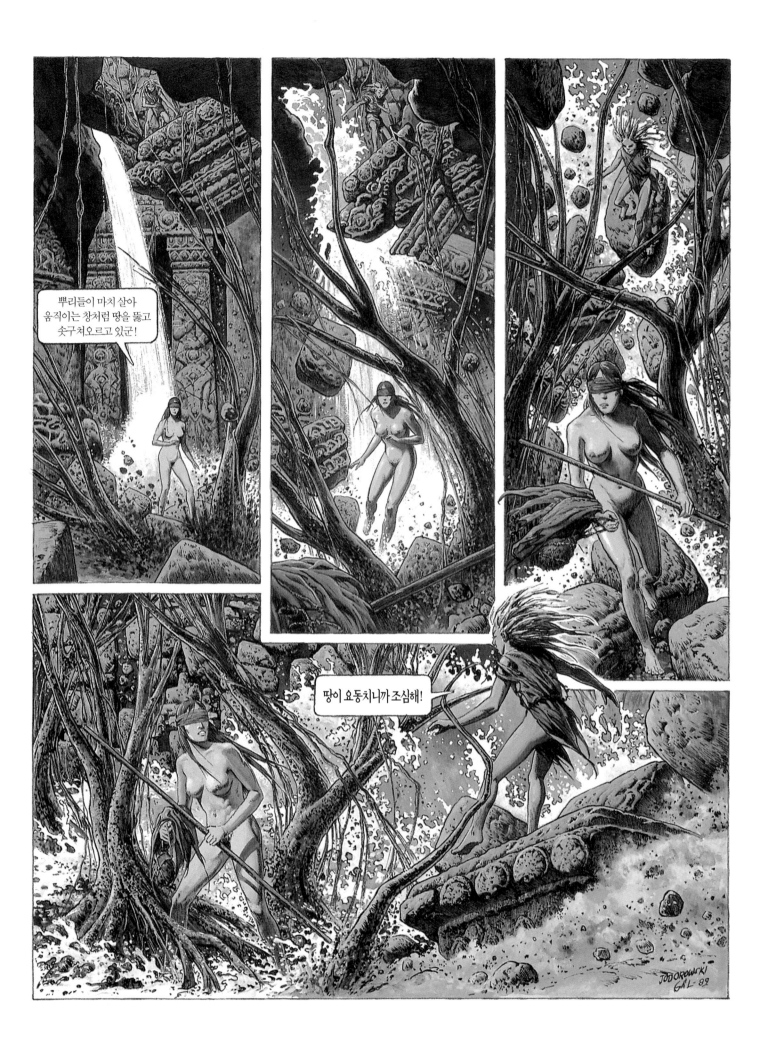

25

마음에 드는데. 지진도 미친 나무 뿌리도
두렵지 않은 모양이군… 다른 사람들과는 달라.

며칠 동안 너를 지켜봤어.
먹지도 않고 명상만 하던데, 배고프지 않아?

저들은 누구지?

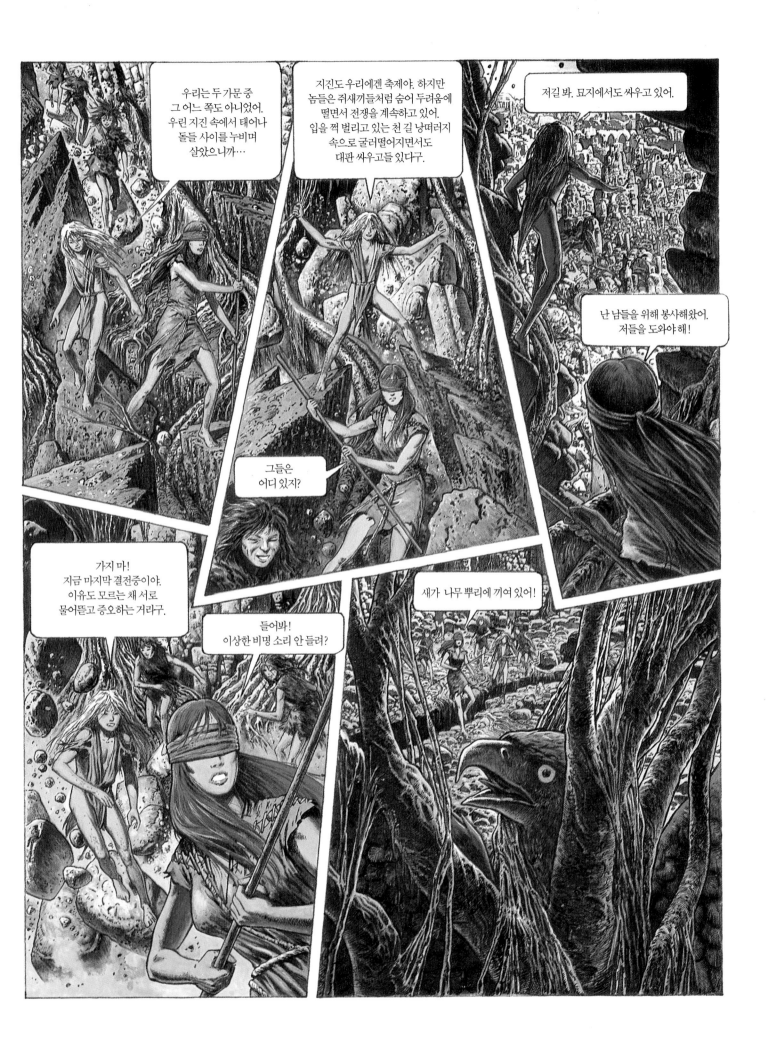

저 낯선 여자를 죽여라!

당장 싸움을 멈추시오! 그러지 않으면
당신들 대장은 둘 다 죽은 목숨이오!

질겁한 전사들은 전투를 멈추었다.

이젠 금도 없고, 온통 폐허뿐인 이 도시엔
대재앙만 계속되고 있소! 나무 뿌리들은 미친 듯이
발밑을 뚫고 올라오는데… 대답해보시오.
왜 이곳을 떠나지 않고 전쟁만 계속하는 거요?

우린… 우린
떠날 수가 없소!…

여기엔 죽은 우리 동포들이 있소.
우리에게 그들은 성스러운 대상이오. 우리는
우리 종교에 따라, 그들을 숭배하고 그들 곁에
머물러야 하오. …만약 그들을 버려둔다면
우리는 영원히 저주받을 것이오!

말해. 언제부터 저렇게 지진이 일어나고
나무 뿌리들이 미친 듯이 자라나게 되었지?

그건
비밀이오!…

언제부터 당신들은 그렇게 서로 증오하게 된 거지?

아무것도 말할 수 없소.

나는 산 자뿐 아니라 죽은 자의
말도 알아들을 수 있소…
당신들이 말하지 못하겠다면
내가 가서 직접 물어보지.

나를 따라오시오.

우리는 금 때문에 싸우고 있었소…

어느 날 우리는 금 소유권을 놓고 결투를 벌이기로 결정했소. 이긴 가문은 금을 독차지하고 패한 가문은 도시를 떠나는 조건으로 말이오…

내 딸 알타는 우리 가문에서 가장 용맹한 전사였다오.

내 아들 칼라오르 역시 우리 가문의 가장 귀중한 전사였소.

우리 둘만 증인으로 참석한 가운데, 동이 터올 무렵 두 사람은 결투를 시작했소.

그것은 순수한 증오! 그 자체였소.
보고 있던 우리조차 전율했다오.

시간은 흘러 밤이 되었고…

…날이 밝아 다시 아침이 되었지만,
싸움은 끝날 줄을 몰랐소.

칼라오르가 이 나무 뿌리들을 보낸 것이오.

알타는 그것을 받아들이기 위해 땅과 바위를 열었던 것이고…

이 모든 재앙이 그치기를 원한다면 그들을 묘지 한가운데 합장해주도록 하시오.

두 사람의 육체는 손상되지 않은 채 고스란히 보존되어 있었다…

지진의 최후의 요동이 그들을 한몸으로 묶어주었다…

디오자망트는 위르발에 대한 자신의 사랑도 칼라오르와 알타의 사랑만큼 강한 것인지 자문해보았다.

고아들은 화해한 두 가문에
받아들여졌다. 화해의
축제가 벌어지는 동안
디오자망트는 모두에게
잊혀진 채 다시 길을 떠났다…

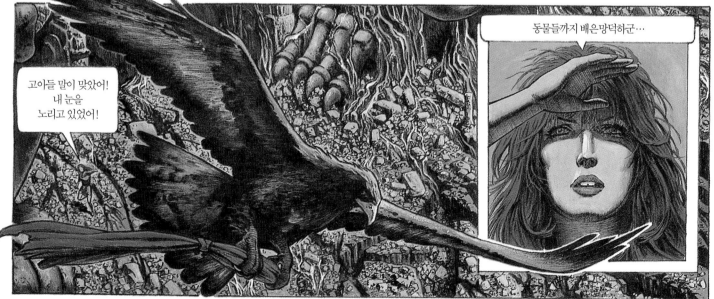

고아들 말이 맞았어!
내 눈을
노리고 있었어!

동물들까지 배은망덕하군…

제3장
환상의 진실

"지나친 완벽은 과오이다."
엘 토포

지혜의 왕 솔로몬은 일찍이 이렇게 말했다.

"진정한 현자는 어느 누구의 교훈도 무시하지 않는 자이며… 진정한 영웅은 자기 자신의 열정을 극복할 줄 아는 자이다."

아라스의 여왕 디오자망트는 그녀가 사랑하는 위르발에 보다 걸맞은 사람이 되기 위하여 겸허를, 위대한 겸허를 배우고 있었다. 사실, 인간 존재의 운명이란 것은 보잘것없는 인간들을 위한 향연이 아닌가? 그녀는 지고의 미덕을 가로막는 유일한 장애물이 자신의 육체라는 것을 깨달았다. 그녀는 머리를 짧게 깎고, 식음(食飮)의 욕망을 잊을 때까지 몸을 단련시키고, 성수(聖水)가 솟아나는 모든 샘물들에 가서 몸을 씻었으며, 모든 욕망을 포기하고 무심(無心)의 상태에 도달하고자 했다. 아직 살아 있음에도 불구하고 그녀는 죽음을 이해하게 되었다… 그녀는 마음의 평온을 되찾았고, 돌로 세워진 거대한 도시들을 다시 방문했다. 사람들의 잔인무도한 행위는 거의 찾아볼 수 없었다. 이제는 아무도 그녀를 해치려들지 않았다.

디오자망트는 전투에 도전하고, 각각의 전투로부터 선례가 될 만한 교훈을 이끌어내고, 수석 전사들과 싸워 승리하고자 노력했다… 길들인 꿀벌 한 마리를 이용하여 검투의 일인자를 무찌르고… 신선한 상추로 입과 콧구멍을 막아서 손도끼의 귀재를 질식시켰다… 그녀는 체격이 장대한 한 전투 교관의 포옹에 몸을 허락했다. 그녀는 사랑에 빠진 수도사의 열정으로 대무(對舞, 이인무)에 이끌려들었다. 그녀는 남자의 목구멍 가장 깊은 곳에 뜨거운 숨을 불어넣고, 젖은 치골(恥骨)로 그를 이끌어 절정으로 치닫게 했다. 그러다가 단 두 손가락으로 경정맥(頸靜脈)을 누름으로써 넘쳐흐르는 그의 쾌락을 일시에 중단시켜버렸다.

마지막으로, 한 장군과의 대결에서 뾰족한 바늘 끝으로 그의 갑옷을 찌르고, 가을날 나비의 날갯짓보다 우아한 동작으로 그의 심장을 마비시켜버린 후, 그녀는 자기 자신에게 말했다. "나라는 존재는 스스로가 만든 환상에 지나지 않는다… 나는 아무것도 아닌 자가 되기 위하여 투쟁해야 한다… 그리하여 위르발이 모든 것이 될 것이다."

이러한 탐색을 완수하기 위해 디오자망트는 가장 높은 산봉우리에 있는 '푸른 수도원'으로 가는 길에 올랐다.

아니, 웬 종이지?
너무 높아서 칠 수가 없군!
문 열기는 다 글렀어!

댕
댕

그에게 신경쓰지 마시오.
우리 문지기요.
이를 잡아주려고 그대의
머리카락 속을 뒤지는 것뿐이오.
그대는 이가 있소?

저는 기생충 같은 잡념들은
이미 극복한 사람입니다.
지금은 지고의 광명을
찾아다니는 중입니다.

훌륭한
대답이로군.

이 사원은 모든 사원 중에서
가장 높은 곳에 있습니다. 저는
가장 높은 영(靈)의 봉우리를
정복하러 왔습니다.
당신들 곁에서 명상할 수 있도록
허락해주십시오.

그것은 있을 수 없는 일이오, 여인이여!
우리는 쉬지 않고, 먹지도 마시지도 않고 지칠 때까지
명상하오. 그대는 견뎌내지 못할 것이오.

어째서요?! 저는 여자이긴 하지만
당신들보다 더 깊이 명상할 수 있어요!
당신들을 능가할 수 있다구요!

음, 여인치고는 호전적인 성격의 소유자군. 만약… 우리가 그대를 받아들였는데 우리들 중 마지막 사람이 기진맥진하여 무너지기 전에 그대가 명상을 포기하게 된다면… 그때는 어찌하겠소?

수도사님들 중 단 한 분이라도 저보다 더 뛰어난 지구력을 가진 분이 계시다면, 저는 그분께 제 목숨을 바칠 각오가 되어 있습니다. 기꺼이 그분의 노예가 되겠습니다.

그럼… 만약 그대가 이긴다면?

그렇다고 해도 저는 여러분께 아무것도 요구하지 않겠습니다. 대신 저는 제가 사랑하는 분께 걸맞은 자격을 갖추게 되겠지요.

히히히!

우리와 함께 사원으로 갑시다.

이 수도사들은, 존경하는 스승들의 조상에
먼지, 파리, 도마뱀과 쐐기풀 들이
얼크러졌는데도 그냥 방치하고 있군!
말도 못할 태만이야.

아무나 이런 강도 높은 명상이 요구하는 집중력을 지니지는 못해.
이들은 내 발밑에도 못 미칠 거야…
이들쯤은 쉽게 이겨낼 수 있어!

아무나 이런 강도 높은 명상이 요구하는 집중력을 지니지는 못해.
이들은 내 발밑에도 못 미칠 거야…
이들쯤은 쉽게 이겨낼 수 있어!

굶주림은 그녀의 배를
물소 가죽으로
후려치는 듯했고, 목마름은
한줌의 모래로 그녀의 목을
훑어내리는 듯했다.

마침내 마지막 수도사까지 지쳐 쓰러지고, 디오자망트는 혼자 남았다.

마지막이군!
내가 최후의 승자야!

아!

마침내!…
난 위르발에게 걸맞은
사람이 된 거야!…

그대의 전투 기술이라고 하는 것도 한낱 허영일 뿐…
그대는 지나치게 순수하고 완벽하려고만 했다!

스승이시여, 이해할 수 없습니다.
저는 최고로 강하다고 소문난
전사들을 쓰러뜨렸습니다.

여인이여, 우리 문지기와 겨루어보라.
싸움에서 지면 그대는 그의 아내가 되어 영원히
복종하며 살아야 하고, 이기면 자유의 몸이 될 것이다.

내가 이기게 될 거다.
너 따위는 내 적수가 못 돼!

이쪽을 봐! 이 겁쟁이,
싸우는 걸 겁내고 있군!

52

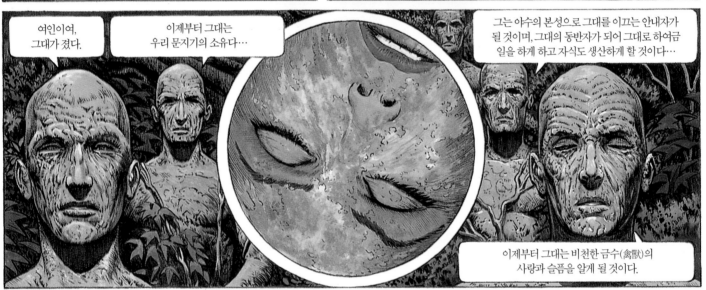

여인이여,
그대가 졌다.

이제부터 그대는
우리 문지기의 소유다…

그는 야수의 본성으로 그대를 이끄는 안내자가
될 것이며, 그대의 동반자가 되어 그대로 하여금
일을 하게 하고 자식도 생산하게 할 것이다…

이제부터 그대는 비천한 금수(禽獸)의
사랑과 슬픔을 알게 될 것이다.

이렇게 하여 아라스의 여왕 디오자망트는
원숭이인간의 아내가 되었다.

임신을 할 때까지 그녀는
매일 밤 그의 야만적인
포옹에 몸을 맡겨야 했다.

그녀는 고독 속에서
혼자 아이들을 낳았다…

아이들에게 젖을 먹이고, 짐승 같은
아이들의 몸을 씻기고, 좀처럼
받아들이려 하지 않는 아이들에게
언어의 기초도 가르쳐야 했다…

그녀에게 더이상 미래는 없었다.
그러나 간혹 명상 속에서 피난처를
찾을 수 있었다. 명상은 생활 속에서
그녀를 지탱시켜주는 유일한 휴식이었고,
마지막으로 들이마시는 산소였다.

어느 날, 한 야만족의 무리가 원숭이인간에게 부상을 입혀 생포한 후, 수도원 안으로 침입했다.

그들은 수도원에 불을 질렀으며, 성스러운
보물들을 약탈하고 수도사들을 학살했다…

디오자망트는 벌거벗은 야만인들에게 강간을 당했고
세 아이들은 배가 갈라져 죽었다…

그녀는 극심한 고통과 공포에 넋을 잃은 채
아이들의 시신을 땅에 묻었다.

그러나 불길은 존경받는 스승들을 알아본 것인지
요지부동의 자세로 명상에 잠겨 있는 그들에게는
접근하지 않았다.

미신을 믿는 야만족들은 이 기적을 보고
겁에 질려 노획품들도 팽개치고 골짜기로 달아났다.

원숭이인간은 죽어가고 있었다.
디오자망트는 열에 들뜬 그의 상처를 혀로
핥아서 깨끗하게 해주었다…

상처투성이의 원숭이인간은 무고한
동물의 눈으로 그녀를 바라보았다…

…그리고는 마침내 눈을 감았다.

그날 밤 내내 디오자망트는 상처입은
짐승처럼 달을 향해 울부짖었다…

시간은 흘러갔다. 위르발은 여전히 디오자망트의 마음속에 살아 있었다. 그러나 그것은 이제 그녀가 결코 도달할 수 없는 그 무엇으로서 존재하는 것이었다…
야수 남편의 죽음이 야기한 커다란 상실의 고통이, 기억마저 그녀의 내부 가장 깊은 구석으로 쫓아보낸 것이다…

그녀는 혼자서 사원을
다시 지으리라 마음먹었다.

존경받는 스승들 옆에,
푸른 수도원의 바닥이 다시 드러날 때까지
초인간적인 에너지로 몇 년 동안 일만 했다…

이제 그녀는 죽음이 성큼성큼 다가오는 것을
느꼈다. 그녀의 기력은 소진되었고,
생명은 그녀를 떠나려 하고 있었다…

빈사 상태에 처한 그녀는
현자들 곁으로 가서 앉아
명상을 하며 위엄 속에서
자신의 마지막 순간을
기다렸다…

… 그녀는
지고의 행복을 느끼며
무(無)의 암흑 속에 잠겨갔다.
그것은 그녀에겐
꿀보다도 더 달콤했다…

디오자망트는 더이상 존재하지 않았다.

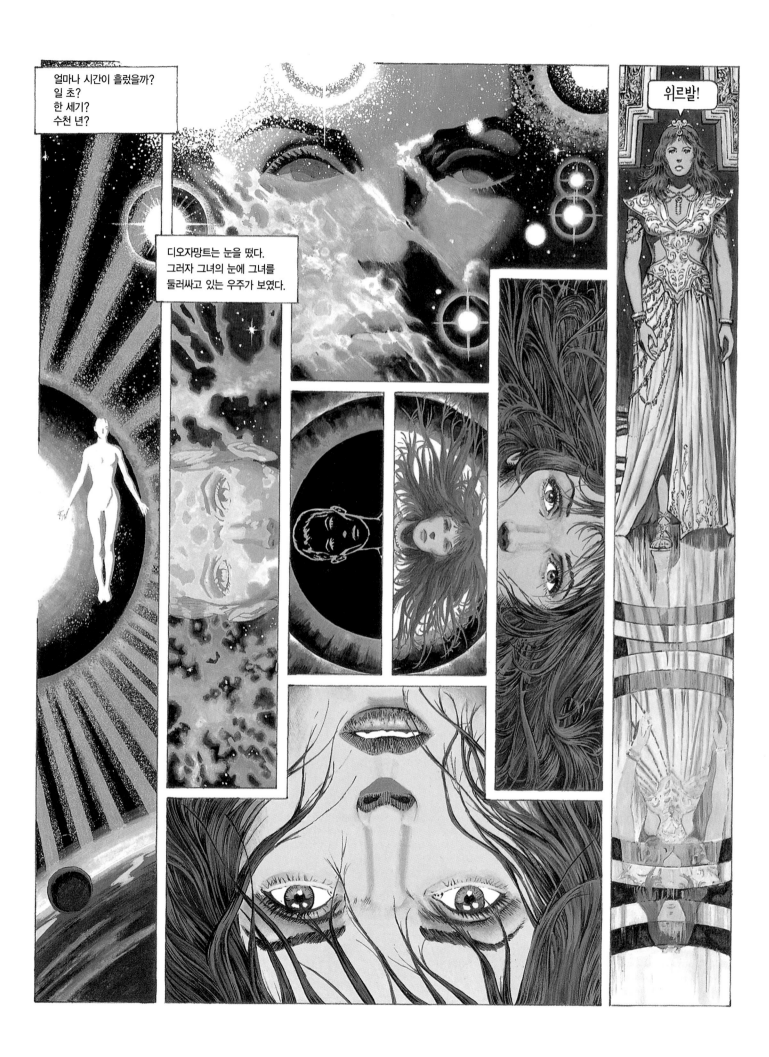

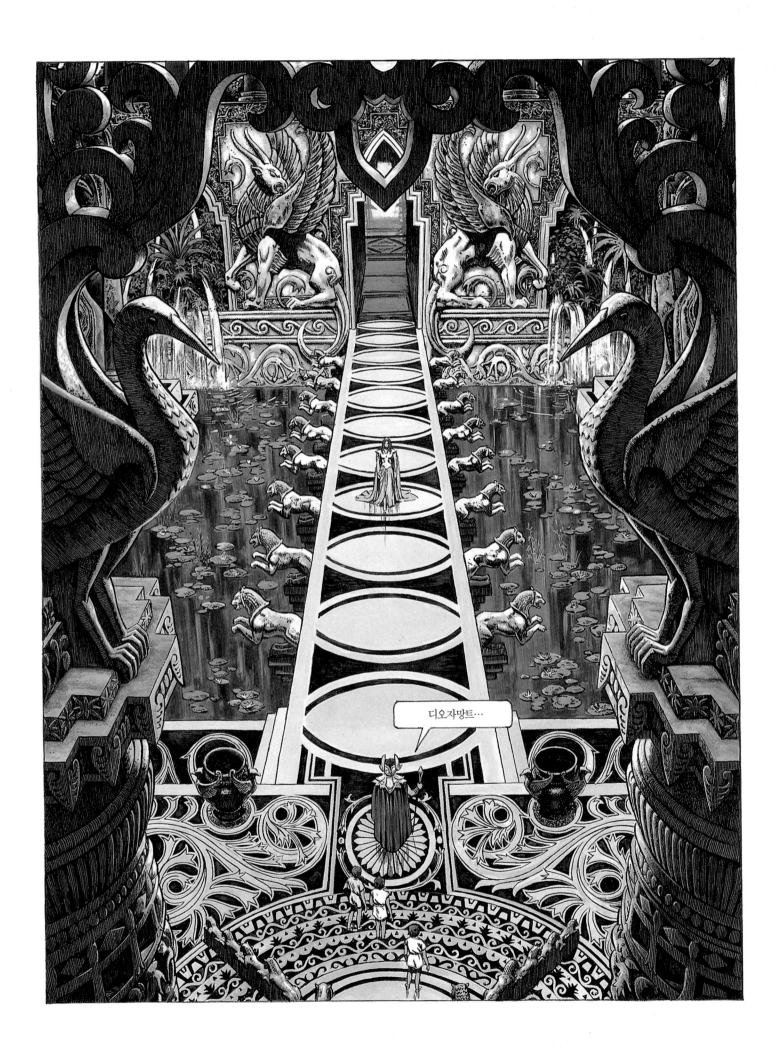

디오자망트의 아름다움, 신체에서 영혼으로

심상용(미술평론가, 동덕여대 교수)

1. 티벳적 상상이 그려낸 한 여정

이야기는 아라스 왕궁에서 시작해 사라바 왕국에서 종결된다. 아라스에서 사라바에 이르는, 여왕 디오자망트로부터 위르발 왕까지의 이 여정은 욕망과 정념의 에피소드들과 과장된 실제와 장식들로 가득한 바로크풍의 데생들에 의해 유지되고 있다. 여기서 아라스와 사라바는 단지 출발과 도착의 두 장소 이상이다.

지체 없이 자신의 궁을 빠져나오면서 시작되는 여왕 디오자망트의 여정은 티벳적 수행의 한 주기와 닮아 있다. 그녀의 행적은 자신의 음란한 육체로부터 시작해 영혼을 갉아먹는 카르마(업, 業)의 어두운 유혹들, 즉 그 삼독(三毒)인 탐욕과 분노와 어리석음과의 싸움에 바쳐진다. 디오자망트의 여정은 어떻게 시작되는가? 카르마에 삼켜지기 직전, 지고의 미덕을 가로막는 장애는 바로 자신의 육체적 소산들임을 깨달음으로써 시작한다. 그 다음은 "머리를 깎고, 욕망이 청산될 때까지 성수가 솟아나는 모든 샘물에서 몸을 씻으며," 무심의 상태를 고대하는 것이리라. 그리고 이 초극의 과정에선 죽음의 체험조차 청산의 한 당위로서 기꺼이 수용되어져야 할 것이다. 이 힘겨운 여정 내내 여왕의 정신을 인도하고 공명시키는 인도는 다시 티벳의 한 스승의 교훈과 일맥상통한다.

새벽을 무사히 맞이할 기약도 없으면서 밤늦도록 일생(一生)을 설계하는 이여!

사신의 손아귀가 목을 누를 때 비로소 떨며 후회하려는가?

그렇다면, 이야기의 막바지에서 그녀에게 가장 비천한 봉사를 강요했던 원숭이인간은? 그는 티벳인들의 시조인 '알룽쩨탕'의 바위 밑의 보살 원숭이를 생각나게 한다. (티벳의 탄생 신화를 따르자면, 그 원숭이 보살이 어머니인 바위귀신과 교합하여 수많은 원숭이들을 잉태하고, 그들의 지혜가 자라면서 인간으로 변했다 한다.) 푸른 사원에서 만난 수도승들은 다르마 수행에 몰입하는 티벳의 승려들을 지나치게 닮아 있다. 이런 맥락에서라면, 그렇게 간단없이 디오자망트의 곤경과 인도를 주관한 위르발 왕은 붓다의 또다른 현현에 다름아닐 것이다.

그런데 무슨 일이 일어난 것일까? 아름다움과 권력의 한결같은 욕망들, 그 조잡한 카르마를 떨치고, 깨달음의 열망에 스스로를 봉헌하려는, 이 티벳풍의 여정은 그러나 서구의 중세적 시공 속에서 진행되고 있다. 이야기와 데생은 상상의 비단길을 타고 동방과 서역의 시공을 자유로이 넘나든다. 지중해적 신체와 아시아적 명상, 서구적 영웅 신화와 동방의 초월적 신비주의, 이 뒤섞임과 통합은 이미 시나리오를 맡았던 알렉산드로 조도로프스키의 상상력 안에서 숙성했다. 조도로프스키, 대표작 〈성스러운 피 Santa Sangre〉로 잘 알려진 영화감독이자 시나리오 작가인 그의 영역은 일견으로도 그 경력 이상으로 넓다. 그는 꿈꾸는 사람이자 신비주의자고, 진실의 추종자이며 예리한 사회 비판가이기도 하다. 그는 이 모든 것들로 구축된 자신의 역작 『잉칼』의 배경에 관해 설명하면서, "꿈속에 잉칼이 들어왔기 때문"이라고 밝힌다. 공략당한 상상, 속수무책의 침투, 이번에 조도로프스키의 꿈에 그렇게 잠입한 주인공은 음란하며 잔인한 여왕 디오자망트다.

그러나 시비를 가리는 대신, 아쉬움은 표할 수 있지 않을까? 이를테면 여왕의 반성이 너무 쉽게 현실의 경계를 훌쩍 넘어서버린 것이 아닌가 하는, 혹 육체를 너무 쉽게 무릎 꿇리고, 욕망을 고비 사막의 먼지 속에서 너무 저항 없이 처리해버린 것은 아닌가라는. 여타의 것들을 모두 부산물이나 장식품으로 여기게 하는 이분법적 충돌과 봉합은 오히려 극적인 밀도와 긴장에 유해할 수도 있을 것이다. 감정의 동반을 이끌어내지 못할 수도 있고, 한두 페이지로 끝나는, 대단원의 다소 소홀해 보이는 반전이 그럴 수 있다는 말이다. (하긴, 죽음을 넘어서는 초월은 데생에겐 너무 무거운 주제다.) 그렇더라도 어떤가! 중요한 것은 이야기가 잊을 수 없는 한 캐릭터, 즉 시나리오처럼 수월하거나 신비적으로 해결 안 될 우리 욕망의 주변에서 언제나 회상되곤 할 한 여인을 선물했다는 사실이다.

2. 욕망의 상징으로서 디오자망트의 육체

제1장 '영혼의 상승'의 첫 도입부에서 디오자망트는 이제까지 그녀의 삶의 전부였으며, 이제 곧 스스로를 질식하게 만들 것들에 둘러싸여 있다. 이후 허접스러운 망토로 교체될 붉은 가운, 신분을 상징하는 화려한 장식들, 짐승의 털로 된 침대, 그리고 정념으로 부푼 젖가슴과 지나치게 기름진 각선미… 전적으로 떠남에 바쳐진 1장의 마지막 데생에서 그녀는 오랜 세월이 흐른 뒤에 다시 돌아오게 될 사라바의 왕궁을 뒤로하고 명상과 초극의 험로를 향해, 즉 '사랑으로 결합된 적'을 만나는 제2장으로 들어가기 위해 걸어 나온다. 2장에서도 디오자망트는 여전히 알몸으로 시작하지만, 이전의 욕망어린 아름다운 눈은 가려져 있다. 지속되는 전쟁과 지진으로 황폐화된 도시 움브리아에서, 그녀는 이미 육신으로부터의 짐을 적지 않게 벗어던진 상태다. 그러나 동결된 시선에도 그녀의 육체는 "거울의 마법을 통해 스스로를 해방시키는 법을 배웠음에도", 포기하기에는 아직 너무 신선하다!

제3장 '환상의 진실'에서 디오자망트의 몸은 그간의 수행에 어느 정도 굴복한 것처럼 보인다. 그녀는 누더기를 걸치고 있고, 바로 전 페이지까지 휘날리던 기름진 머릿결은 온데간데없다. 그럼에도 그녀의 내밀한 인도는 여전히 다스려지지 않은 욕망으로부터란 사실이 지속적으로 암시된다. 푸른 사원 앞에서 원숭이인간의 성가신 개입, 그리고 (명상의 실패 후) 원숭이인간과의 대결에서 그녀의 패인이 상대방의 토사물과 오줌이었다는 사실도 결코 우연만은 아닐 것이다. 그녀는 아직도 "낮은 곳에 있는 것, 즉 바로 그녀의 몸 안에 있는 동물적 본성을 쫓아내지 못했던" 것이다. 동물적 본성, 거기엔 그녀가 어느 정도는 넘어선 성적 욕구 외에도, 정복자의 욕망과 성취의 조급함, 그리고 쉽게 자신에게 만족하는 어리석음도 포함되어 있다.

명상중인 수도승들의 뒷모습 사이로 언뜻 비춰지는 디오자망트의 지쳐 널브러진 몸뚱이는 동물적 본성으로부터의 최종의 일탈을 예고하고 있다.(56쪽) 곧 죽음을 소개할 그 파국은 이제 비로소 그의 사랑 위르발과의 영원한 해후를 허락할 마지막 관문일 것이다. 그녀는 이제 비로소 아래로 빗겨진 머릿결을 하고서, 그리고 이전엔 그토록 관능미를 부추겼던 장신구들의 도움 없이도 그녀의 수행이 시작됐던 위르발의 궁전에 거할 수 있기 위해, 자신의 육체가 소속됐던 시공을 넘을 것이다.

이야기는 더디게 진행되다 빠르게 흐르곤 한다. 흐름을 조절하는 완급과 강약의 실천은 이제 뛰어난 데생가인 장-클로드 갈의 몫이다. 수축과 이완, 긴장과 그 해제를 위해 갈은 압축과 중첩의 방식을 동원한다. 하나의 칸 안에 여러 장면들을 오버랩시키는 것은 서술의 진행을 느슨함에서 구해내기 위한 조치일 것이다. 전체를 조망하는 하나의 칸 안에 각 부분들과 동작들을 위한 작은 칸들을 배치함으로써 독자들은 입체적으로 이야기에 동참할 수 있다. 반면, 예컨대 결투의 장면 등의 중요한 상황들을 위해선 충분한 칸들이 지원된다. 이때 각각의 동작 속에서 긴장은 고조되고, 잠시 동안 시간은 매우 느리게 흐른다. 갈이 표정에 많은 기대를 걸고 있다는 점은 특히 주목할 만한데, 이를 위해 그는 반전의 길목, 몰입을 요하는 순간마다 주인공의 클로즈업된 표정들을 배치한다. 그것들은 마치 이정표처럼 이전의 이야기를 정리하거나 앞으로의 진행을 예측하도록 돕는다. 우리는 이 클로즈업된 표정들만을 통해서도 어떻게 디오자망트가 욕망으로부터 욕망의 가장 먼 곳으로 나아갔는가를 충분히 추적할 수 있다.

첫번째의 클로즈업에서 그녀는 마치 독자까지 유혹하는 듯한 들뜬 열기로 "이리 가까이!…"라고 속삭이고 있다.(8쪽) 그러나 몇 칸 후, 다시 만난 그녀의 표정은 자신이 머물렀던 곳의 진실, 그리고 여전히 요구하는 욕망과 그 지속적으로 실망스러운 결과들이 초래하는 수심에 잠겨 있다.(10~13쪽) 그녀가 위르발 왕을 만나는 순간, 우리는 점점 더 다가오는 그녀의 매력적인 눈동자를 처음으로 그렇게 가까이 마주하게 된다. 정념이 잠시 정지된 틈을 타고 내비쳐지는 순수함을 목격하게 된다.(18쪽) 내내 그녀의 아름다운 눈을 대할 수 없는―단 한 번, 독수리의 도움을 받는 순간을 제외한다면―제2장을 지나면, 우리는 (다소의 아쉬움으로) 너무 달라져 있는 디오자망트를 만나게 된다. 뭇 남성들의 가슴을 끓게 했던 그녀의 눈과 시선은 이제 어떤 중성적인 체념에 더 깊게 관련되어 있고, 욕망은 너풀거리던 머릿결만큼이나 부재한다.(43, 45~47쪽) 그리고 마지막 페이지에서 우리는 현실과 인간을 넘어, 존재하는 모든 선을 모아놓은 듯한 한 여인의 부드럽고 유순한 표정과 만나게 된다.

3. 장-클로드 갈의 색채 데생, 영웅의 상실과 인간의 회복

20여 년의 경력 동안 단 네 권의 출판이 가능했다는 점이 시사하듯, 장-클로드 갈의 데생들은 언제나 완벽을 추구한다. 인체와 사물의 완전한 재해석에 도달할 때까지, 무엇보다 그의 세부 묘사는 시간을 요한다. 그리고 완성을 향한 길고도 집요한 분석에 의해 그가 그린 성과 마을, 산과 계곡과 사막은 전적으로 그의 세계에서만 존재하는 어떤 것으로 된다. 특히 발군의 해부학적 묘사와 표정의 심리학적 관리에 있어 갈의 재능은 거의 독보적이라 해도 무방할 것이다. 이번에도 그는 조도로프스키가 창조한 한 여인에 뼈와 피부뿐 아니라 머릿결과 불망의 시선까지 제공하는 데 10년이란 시간을 소비했다. 결과는, '지나친 성공'이었다. 곧 허망해질 디오자망트의 육체에 너무 자신의 재능을 쏟아부었던 것이라 해야 할까. 어떻든 갈의 데생의 이 역설적인 성공으로 독자들은 그녀의 수행의 진전에 박수를 보내는 대신, 소멸되어 가는 아름다움에 더 아쉬움을 표하게 될 것이다.

갈의 데생들은 하나의 준엄한 질서, 즉 명암의 강렬한 대비를 따르고 수행한다. 그의 세계에 등장하는 모든 사물들은 이 극적으로 엇갈리는 흑백의 교차에 의해서만 스스로를 드러낼 수 있을 뿐이다. 이 중간 톤의 의도적인 생략과 명암의 과장된 대비에 의해, 그의 세계는 실제보다 더 고조된 삶을 부여받는다. 분노는 더 격앙되고, 절망은 결코 넘어설 수 없는 절망이 된다. 바위, 말라비틀어진 나뭇가지들로만 된 매우 단순한 배경도 그의 데생 안으로 유입되는 순간, 풍성한 장식들로 가득 찬 바로크풍을 띠게 된다. 가장 하찮은 사물들조차 영웅 신화의 훌륭한 배경으로 거듭나는 것이다. 이 모든 사물의 극적 반전은 전적으로 갈의 상상력이 창조한 한줄기의 강렬한 광선에 의하는데, 이 광선의 원활한 작용을 위해 그의 세계에는 결코 흐린 날이 없다. 밤이 도래하더라도 갈의 광선이 사라질 염려는 없다. 달과 모닥불과 횃불, 때론 원인 모를 빛이 한낮의 직사광이 했던, 즉 사물들을 고조시키는 역할을 대신할 것이기 때문이다.

보다 극적인 차원에 도달하기 위해 갈은 역광을 자주 사용한다. 그의 세계를 70퍼센트 이상의 어둠으로 가득 찬 곳으로 만드는 이 암흑의 생산 장치는 역설적으로 광선과 사물의 만남을 훨씬 더 역동적이고 비장한 것으로 만든다. 예컨대 자신을 윤간한 군인들을 죽인 직후, 비탄에 젖어 있는 디오자망트의 분위기는 먼발치에서 자신의 궁전을 사르는 화염의 역광 처리에 의해 고조되고 있다. 사실, 그의 세계에 등장하는 사물들은 모두 이 강렬한 대비를 위한 구실들이자 소도구들이다. 이를 위해 산들은 울창한 숲 대신 과장된 굴곡을 지닌 바위들로 가득하고, 물결은 항시 거칠게 일렁이고 있으며, 모래사막조차 평평한 경우는 거의 없다.

흑백의 극적인 대비로 된 갈의 데생은 특히 신비주의와 영웅 신화를 위한 필수적인 도구다. (많은 경우) 묘사와 관련될 수밖에 없는 중간 단계의 톤들은 사물들을 정확하게 현실의 차원으로 복원시킴으로써 그가 애써 구축한 세계를 다시 왜소한 것으로 만들어버릴 것이기 때문이다. 같은 맥락에서 색은 불가피하게 인간적인 감정을 불러일으킴으로써 바

짝 조여진 극적 긴장감을 다시 느슨하게 만들어버릴 것이다. 사실 갈은 오랜 시간 채색 만화를 망설이면서, 이미 이 점을 간파하고 있었을 것이지만, 유감스럽게도『디오자망트의 열정』조차 이 예고된 긴장 완화를 완전히 피할 수는 없었다. 그의 전 작품들, 예컨대『죽음의 행군』과 견줄 때, 이 점은 의심의 여지가 없어 보이는데,『디오자망트의 열정』이 선보이는 사실주의적 채색은 갈의 데생 특유의 영웅적 감도를 현저하게 떨어뜨리고 있는 것이다.

그러나 약점은 곧 장점일 수도 있다. 무엇보다도『디오자망트의 열정』은 그 부드러운 채색 효과들로 인해, 인물과 사물들에 훨씬 더 실제적인 성격을 부여하고 있다. 구름이 낮게 깔린 하늘의 묘사 등을―갈의 고백을 따르자면, 흑백의 데생에선 가능하지 않았던―통해 대기는 훨씬 더 습기를 머금게 되고, 인물들은 배경 속에 훨씬 더 유연하게 흡수된다. 채색은 갈로 하여금 영웅을 잃는 대신 인간을 회복하도록 했다!

옮긴이 최정수

1970년 전북 군산에서 태어나 연세대학교 불어불문학과와 동대학원을 졸업했다. 『단순한 열정』
『꼬마 니콜라의 쉬는 시간』 등과 여러 권의 어린이 책을 우리말로 옮겼다.

디오자망트의 열정

초판인쇄	2001년 8월 1일
초판발행	2001년 8월 10일

지 은 이	장-클로드 갈 / 알렉산드로 조도로프스키
옮 긴 이	최정수
펴 낸 이	김정순
펴 낸 곳	(주)북하우스
출판등록	1997년 9월 23일 제1-2228호

주 소	110-795 서울시 종로구 운니동 98-78 가든타워빌딩 802호
전자메일	editor@bookhouse.co.kr
홈페이지	www.bookhouse.co.kr
전화번호	741-4145~7
팩 스	741-4149

ISBN 89-87871-75-4 03860
＊ 잘못된 책은 바꿔드립니다.